낮에
뜨는 달

낮에 뜨는 달·5

만화 혜윰

arte POP

18
다

아직 사다함의
물증에 대한 이야기도
못 들었으니 말이다.

말씀드릴
요량이었다면 말을 타고
도망치지 않았어요.

아, 그래.

그럼 말을 바꾸지.

산짐승이 나오면
너를 먹이로 쓸 테니
얌전히 따라오너라.

...스스로 걸을 테니
놓아주세요.

잡아끄시면
걷기 힘듭니다.

대체 무슨 생각을
하는지 알 수 없으니,
널 상대로 방심할 수
있어야 말이지.

알아서
잘 쫓아오거라.

숲으로 끌고 와
놓고 가겠다 엄포 놓고선,
이번에는 같이 내려갈
궁리를 하고…

당신이야말로
무슨 생각을
하시는지…

하아―…

…추워.

이보게,
보초 양반.

뭐요?

너무 추운데
화로라도 가까이
놓아줄 수 없는가?

나도 그냥
서 있잖소!

사람도 많으니
붙어서 몸 덥히쇼.

손이 곱아서
감각이 없네,
부탁이야.

옷도 가을에 입던 것
그대로니 너무
추워 견딜 수가 없어.

꾹

나 참!

엣취!

울쩍···

······

왜 그리
보십니까?

추운
모양이지.

사다함에 대해서
실토하고 말도 훔치려
들지 않았더라면,

지금쯤 너를
자유롭게
풀어주었을 텐데
말이야.

···말을 훔치려
한 것은
죄송해요.

뭐, 지나간 일을
따져서
어찌겠느냐.

지금도
트집 잡아놓고선!

빈말은
안 하시네요.

자네도
거짓말은 할 줄
모르지 않나.

……

…저를
끌고 간 관리들이
그런 말을 하더군요.

그자도 어차피
소리부 어르신의
견공 아니신가.

살해당한 노인을
병사로 위장하기
위해서는

진상을 아는 자가
살아 있어선
안 된다고요.

그래서 나으리께
돌아가지 않았어요.

왜냐하면 그 노인이 병에 걸렸다고 헛소문을 퍼트리신 게 나으리셨으니까요.

그래.

옳은 선택을 했군.

…정말 이상한 분이시네요.

도와주지 않을 것처럼 말하면서 도와주고,

하지만 뒤에선 또 다른 행동을 하고…

이번에도 이렇게…

20

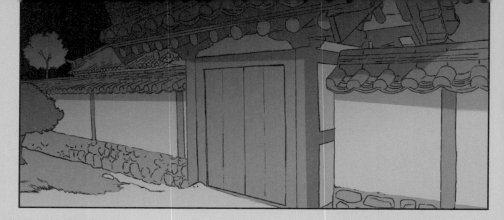

오늘따라
귀택이 늦으시네.

나으리 아직
안 돌아오신
거죠?

그러게 말이다.

기별 없이
저녁도 거르셨어.

찾으러
가봐야 하나?

나으리?!

어찌 이리
늦으셨습니까…

요…

어라?

얼라리?!

나으리는
어쩌고
너만 왔냐?!

…응?

불…

천억

주춤..

시익—!

자박

자박...

탁

시끌!!

!!

25

…헉,

꾸득
득‥

허억…

움찔

운이
좋았군….

움찔

피 냄새를 맡고
다른 산짐승이 오기 전에
산을 내려가야겠다.

윽…

나으리,
피가 흘러요…

피?

어쩐지 좀,

어지럽더라니…

…!!

허억…!

털썩!

아,
안 돼…

더는 못 가.

허억

그래도
멧돼지 사체에선
멀어졌으니까,

이 정도 거리면
괜찮겠지?

하아

아, 상처!

확

상처가
생각보다
크진 않네,
다행이다…

어디 잘못
부딪혔나?

깨끗한 천,
깨끗한 천이…

!

정작
이런 상황이
오면

저를
도와주시네요.

말씀하셨던 대로
멧돼지 방패로
쓰지 그러셨어요.

그랬다면 지금쯤
혼자 산을 내려가셨을
텐데!

……

휴우…

꼬옥

끙…!

으,
우으으…!

지이익—

지익—

직

척척

타악

이 정도 있으면
뭐가 와도 쫓아낼 수
있겠지.

차가워···

혼자서 온갖
약은 척은
다하셔 놓고,

설마 나으리의 말을
훔쳐 달아나려 한
사람 때문에 죽지는
않으시겠지요?

......

하아...

손만 녹여서 될 게
아닌 것 같은데…

하
싣

가끔은 정말
좋은 사람인데…

뭐야?

후다

다닥

삐끗

악!

온몸이
아파…

……

찌릿 찌릿

어색…

43

자박

자박
자박..

힐끗

산 아래로
내려가면…

절 관아로
데려가실 건가요?

이 옆의 샛길로
산을 내려가라.

샛길 끝에서
머지않은 곳에
썩은 큰 오동나무가
보일 것이다.

오동나무 옆에
폐기와 집이 있으니
그곳에 몸을 숨겨라.

그리고
이 일은

마음껏
고마워해도
될 것이다.

혼들

뭐…?

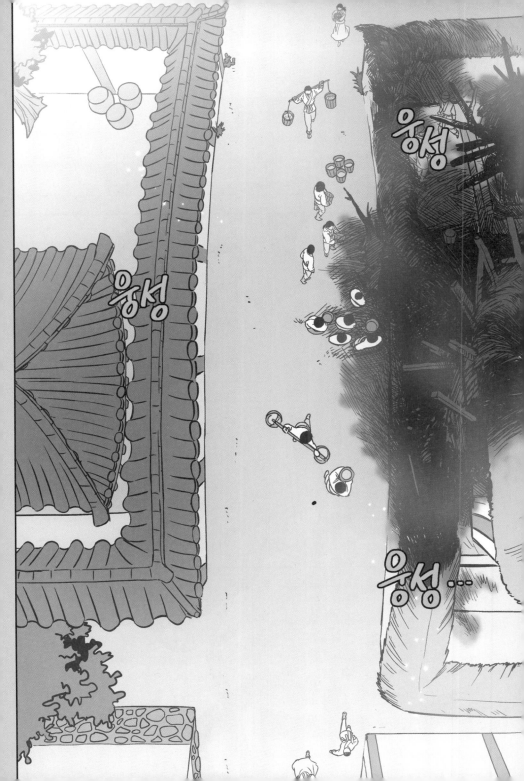

이게 대체
무슨 일이야…

거 밤중에
웬 불이랍니까?

옥살이하던
가야인의
소행이라지 뭐요.

관아가 아주
홀랑 탔소.

퍼뜩

가야인이?!

잠깐 좀
보고
올게요.

처억

어어,
이 녀석이
위험하게!

나으리…

여기
오셨던 건가?

자박

자박

썩은
오동나무 옆
폐기와…

여기
맞지?

전신이
쑤셔…

사다함랑에게
가지 말라고

여길
알려주신 걸까.

우물!

파앗

물이
있을 리가
없지.

목마르고
배고파…

밤까지
기다렸다가
우물가에
다녀와야겠다.

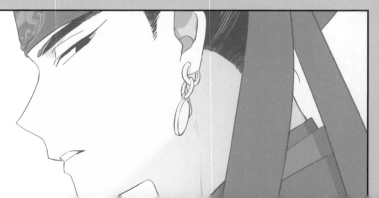

이 일은 마음껏
고마워해도
될 것이다.

그 말, 역시…

다 들은 거겠지?!

으!
민망해!

사다함랑을
지키기 위해서라면,

기꺼이
가야인들을 외면할
거라는 것도.

…당신이 생각보단
좋은 사람이란 거,
잘 알겠어.

아침부터 어딜 돌아다니다 온 것이냐?

네 몰골이 지금 말이 아니구나.

나, 나으리야말로

밤새 어디 계셨습니까요?

긴한 일이 있었다.

긴한 일이…

저벅…

다다다다 다치신 겁니까?!

대체 어디를 얼마나 어쩌다가?!

꺄아아아…

별것 아니다.

머리 울리니 소리 지르지 마라.

가야인들 옥사에
불이 났다길래
저는 혹시 거기 계셨는가
했는데…

!

옥사에
불이 났다고?

그러니까
그게…! 그…

이만
나가보게.

네에.

탕
앙

말해보거라.

그…
그게.

가야인들이
불을 지르고
탈옥을 했답니다.

이거
난리 나겠군.

…그런데
혹시

이번 불도
나으리께서
하신 건가요?

지난번에 이찬 어르신 명령으로
헛소문 냈던 거처럼…
나으리가 뭔가 하신 건가요?!

뭔가 하진 않았다만
소문낸 건 조만간
발각될 것 같구나.

까아아아아악!!!!!

놀랄 것 없다.

넌 명령에 따른 것뿐이니
문제가 생기지 않도록
처리해주마.

나으리께
문제 생기는 것도
싫은뎁쇼?!

자!
먹을 거!

그리고
나으리께서
한마디
전해달라시더라.

한 번만
더 사다함에게
찾아가면

그때는 정말
짐승 밥으로
던져줄 것이다!

…라고.

힉?!

에구!

가, 가야인···

!

여, 연조 엄니! 뭐 하는 거야?!

보면 모르오? 옷이 있어야 할 것 아니오!

아무리 그래도 남의 물건을!

그래, 남의 물건이지!

그래서 뭐요?!

19
기로

역시 이 두 사람, 수상하단 말이야.

나야 나으리께서 시키신 일만 하면 되지만…

분명 물동이 주인을 찾는 관리가 다녀간 직후에 사라졌었지?

사라진 뒤에는 수배방이 붙더니

이제는 나으리께서 숨겨놓고 돌봐주신다니…

잠깐,

그럼 사다함랑 이야기는 또 뭐야?

이타가 사다함랑과 관계가 있나?

혹시, 설마…

에이, 아무리 그래도 그건 아니겠지!

삐걱.

두 분이 예전엔 얼마나 사이가 좋았는데…

도와줄 생각이 없다지만 어찌 그러십니까?

형님께는 정말 실망이 큽니다!

성큼 성큼

사다함랑?!

설마가 사람 잡는다더니!

지끈...

하아

치정 싸움?!

...심부름은 잘 다녀왔느냐.

앗, 네! 자, 잘 다녀왔습죠.

전하라는 말도 잘 전했고?

전하긴 했는데,

사다함랑에 관한 이야기는

직접 나으리를 뵙고 말씀드리고 싶어요.

라고….

이젠 아주 오라 가라 시키는군.

그럼
그 이타인가 하는 종은
다시 형님이
데려가신 거야?

괜찮지 않을까?
원래 형님이 데리고 있던
노비였고, 지난번에 보니
잘해주시던걸.

형님이
해코지할까 봐
이러는 게 아니야.

수배 건도
해결해주실지도
몰라.

내 선택이 형님의 마음에
들지 않는다고,
나를 존중하지 않으시는 게
불쾌한 거야.

……

…형님은 늘
그러셨어.

그때도…

충분히 이기고
있는 상황이
아니었습니까,
형님!

어째서
효시를…!

너 같은 어린아이가
마음 쓸 일이 아니다,
사다함.

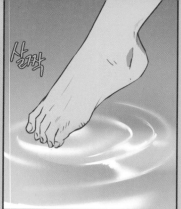

살짝

차,
차가워.

부르르…

그래도
씻을 수 있어서
다행이야.

퐁…

톡 옥…

괘 옥

달컹

멈칫

휴…

다행이군.

여유로워
보여서.

정말 오셨네요.

뜸 들이는 사이에
사다함에게 찾아가면
곤란하거든.

돌려줄 것도
있고.

사다함랑께
제가 무사하다는 소식을
꼭 전해주셨으면 해요.

분명
걱정하실 테니까요.

전해줄
생각이 없다면
직접 찾아가기라도
할 건가?

…나으리께서
무슨 생각을
하시는지 여전히
모르겠지만,

그래도 지난밤에
알게 된 게 있어요.

…왜 그런 말을
하는 거지?

생각해 보면
담엄사에서도
사다함랑 댁에서도

언제나 사다함랑을
최우선으로
행동하셨고…

획

내버려 둔다,
산짐승 먹이로
던지겠다 말씀하셔도

정말 그런 짓을
하지도 않으셨거니와

정작
멧돼지가 나타났을 땐
지켜주려하셨잖아요.

깨닫고 나니까
그런 생각이
들었어요.

꾹-

이분은
누군가를

악의로 대할 분은
아니겠구나.

하고.

그러니까 이번에도
사다함랑께
제가 무사하다는 걸
전해주실 거예요.

나으리께서는
사다함랑을
염려하시고

제게
나쁘게 대하실
분도 아니니까요.

…….

그렇지 않나요?

…수긍해요.

수긍해주세요.

내가 당신을
온전히
믿을 수 있도록.

……

불쾌한 소리를
하는군.

사람을 면전에 두고
다 알기라도 하는 양
무례하게 조잘조잘…

굳이 불러내 할 말이
그것뿐이라면
이만 가지.

대답은요?

사다함에겐
자-알
전해주마.

하도 당당하기에
어처구니없어
떠본 것
뿐이니까.

어르신!

이찬 어르신!

광광 광

광광쾅

따다닥

다닥

이 야밤에 무슨 소란이냐!

덜컹!

그, 그것이…

왕께서 가야인 하옥 원인과 화재의 경위를 면밀히 조사하라 감찰을 보내셨답니다!

!

…내 의견도 여쭙지 않고 알천에 손을 쓰셨단 말인가.

…거짓 소문을 낸 게
들키기라도 하면…

걱정도
팔자시군.

애초에 소문낸 건
도하 형님이잖아?

그 뒤는 사다함이랑
가야 놈들이 사이좋게
무덤을 팠지.

내버려 둬도
걱정할 거
하나 없다고요.

물론—

사다함이 파낸 증거는
도로 묻어야겠지만.

......

사다함의 증거를
도로 묻는다고?

뚫린 입이라고
쉽게 지껄이는구나.

사다함은
천의 낭도를 거느린
왕의 화랑이다.

섣불리 건드렸다간
그야말로
화를 면치 못할 테지.

요컨대,
꼬리만 안 밝히면
그만이죠.

우리와 연이 없고
언제든지
끊어낼 수 있으며
이해관계가
맞는 사람.

한 사람
있잖아요?

옛 주인을 죽여달라
찾아왔던
그 망국의 중놈.

그 계집과 사다함을
엮어서 그자를
구슬리면

써먹을 만하지
않겠어요?

네가 그자를
종용해볼 테냐?

픽-

물론이죠!

아버지께서
도하 형님을 버리겠노라
약조해주신다면.

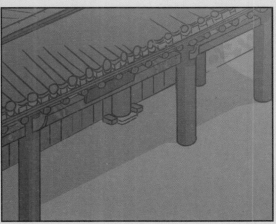

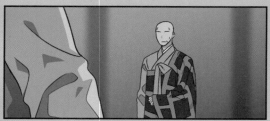

그럼 내일쯤 대답을 들으러 올 테니.

잘 생각해 보시라고.

타악~

?

연조야?

타악~

멈칫

!!

도, 도도도 동영 스님!

늦은 시간에 웬일로 출타신가요?

너야말로 이 시간에 어딜 가느냐?

헉!

허락은
받은 것이냐?

움찔

그냥 문이 열려있길래
바, 바람이라도 쐬려고요.

우물
쭈물

역시 밤에
허락 없이 나가는 건
안 되겠죠….

들어갈게요.

스승님…

잠깐.

눈감아줄 테니
어서 다녀오거라.

쓱

…그럼 잠깐만
산책하고 올게요!

금방
올 거예요!

설마
한리타를 만나러
가는 것인가?

그 계집은
여기에 와서도

타
다
다

다
다~..

다른 이를
손끝으로 부리며
살고 있는 것인가.

봉봉 ―

연조야,
연조야!

엄마!
쉿, 쉿!

와
락

부엌에서
음식 남은 것 좀
가져왔어.

이거
들고 가.

너는…!

난 같이
안 가.

곧 겨울이고,
다 같이 나갔다가
음식 못 구하면
어떻게 해?

나라도 여기 있으면
가끔 먹을거리라도
챙겨줄 수 있을 거야.

절의 노비도
꽤 괜찮더라구.

절에는 병마가
못 들어온다면서,
가야인이라고
박대하지도 않고…

그, 그리고
대가야에서 온
스님도 있어!

신기하지!

…좋은 분
이시니?

89

응!
좋은 분이셔!

무엇을
망설인단
말인가?

내게
그 여자를
없애는 일을
도우라 하는데.

그 여자가
이타의 이름을
욕보이는 것을
내가 두고볼 수
있단 말인가?

죽이자!

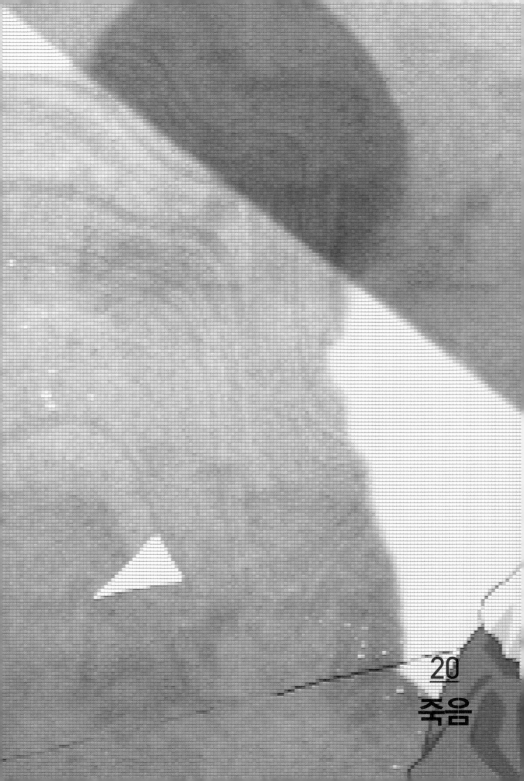

20
죽음

여… 여보세요?

오랜만이다, 야…

어어… 웬일이야?

오늘 술 한잔 하자.

간만에 얼굴도 볼 겸.

오늘?

아~ 나 오늘은 회식 있다, 회식!

그…래? 그럼 내일은?

내일은… 내일 돼 봐야 알겠는데.

그럼 내일 시간 보고 연락…

미안! 나 회사라서! 이만 끊을게!

뚝!

뚜─

뚜─

뚜─

찍찍─

여기야!
여기!

이 새끼 이거
하라는 취업은 안 하고
대낮부터 술 먹자고
꼬시고!

오늘은
취하지 마라~

어디서
시비 털러도
수습 안 해줄
거니까!

하하…

맞다, 너 이번에
사고 친 건
어떻게 됐냐?

털컹

사고?
뭔 사고?

아니…
내가 사고를 친 게
아니라 사고가
난 거지.

뜨끔…

...벌금도 냈고

피해자한테 사과도 하러 다니는 중이야.

맞다. 그쪽이 완전 허위신고했다며?

살인 미수네 뭐네 하면서.

책임지고 사과도 하고 바로잡겠다는데 왜 그런대?

벌금형 나왔을 정도면 별일 없었겠구만.

아, 주문해야지.

여기요!

...맞아.

난 바로잡으려고 노력하고 있는 거라고.

형도 아빠랑 똑같다고!

아버지와는 달라...

…갑자기 죽었다가
다른 사람이 돼서
살아나더니,

겨우 원래대로
돌아왔나 보다
하니까

사실
죽었을지도
모른다고?

가지가지
한다.

진짜…

민오야…

…준오 친구가 준오를 원래대로 돌려놓자고 하면서 그런 말을 하더라.

뭔지도 모르는 게 준오 몸에 들어와 있게 내버려 두는 것보단

뭐든 시도라도 하는 게 준오도 마음 편하지 않겠냐고.

그런데 결국 다른 귀신들한테 시달리게 만들다니…

아, 아냐…

불쑥

맞는 말이다. 그대로 뒀으면 내가 아주 잘 쓰고 고이 돌려줬을 것을, 허튼 짓을 해서는.

그렇게 듣기는 했지만, 정말 준오가 죽은 건지는 아직 모르는 거잖아!

도하 씨는 좀 빠져주세요~!

뭔가 해결법이 있을지도 모르잖아.

지금은 멀쩡하게 잘 있는 것 같고….

…아니.

멀쩡하지
않았어.

…뭔가…
정말 이상해.

…준오가 원래대로
돌아오기 전에,

준오 방에서
그 애의
환각 같은 걸
본 적이 있는데…

지금
생각해 보면
그게 진짜
준오였나…?

응급실 침대
위에 있던 모습
그대로였는데,

왜 이상하다고
생각을 못 했지…?

내가 어떻게
할 수 있는 것도
없이

준오는 이미
그때
죽었던 걸까…?

......

그러고
보니…

도하 씨도 목에
베인 상처가
남아있지.

그리고
지원 선배의
동생도… 응?

잠깐…

그 여자는?

한참 뒤에
병에 걸려 죽었다고
하지 않았어?

아무리 봐도
병에 걸려
죽은 사람 같아
보이지는 않는데.

형!

내 동생.

숙제 다하고 노는 거라니까.

아, 잔소리 좀 그만해!

한민오 어쩌냐~ 이 나이 먹도록 아직 여친도 못 사귀어 보고.

너는 내가 잘 알아.

그러니까 뭔가가 잘못되었다는 건 금방 알 수 있었다.

내가 착각한
거였으면 했어.

또다시 가족을
잃고 싶지 않았어.

또다시
널 잃고 싶지
않았어.

준오야…

당연히 울겠지!
동생 일인데
얼마나 신경 쓰이겠어?

나오면 대체
뭐라고 위로하지?

언제까지
여기 있을
셈이지?

용무가 있다고
하지 않았나?

뿌억

좀 기다려줘요!
오늘 내로는
꼭 갈 테니까!

영 딴판인 것
같다가도 이런 거 보면
준오 안에 있던 사람이
맞단 말이지.

가뜩이나
내 머릿속도
뒤죽박죽인데…

민오한텐
뭐라고
위로해야 할지,

준오가 죽었단 건
정말인지,

혹시 그게
내 탓은 아닌지…

그리고
그 여자는
대체 뭔지…

…아.
도하 씨가
입은 그 옷.

혹시
벗을 수 있어요?

옷?

…내 옷을 벗겨서
어쩔 생각이지?

그…!

이상한 뜻이
아니라…!

어, 그래.
준오야.

쏴야

몸은 좀
괜찮아?

뭐?

지금
어디라고?

…우리 학교?

…준오야.

타닥…

집에서 쉬지,
여기까진 왜 왔어?

교복까지 입고…

볼일이
있어서…

민오… 지금
준오 보는 거
괜찮을까?

눈이 빨갛잖아.
역시 울었나 봐….

형 눈 빨갛다.

산뜻해…!

반뜻

알아.

…저,

안녕하세요.
영화 누나.

머뭇…

저
누나 만나러
온 거예요.

빤~

…그새 도하 씨가 빙의했나 했네. 진짜 준오 맞구나…

날 만나러?

네.

이거…

제가 누나한테 전화한 거 맞죠?

쑥~

강영화(열집)
휴대전화

강영화(열집)
휴대전화

강영화(열집)
휴대전화

강영화(열집)
휴대전화

저희가 왜 이렇게 많이 연락을 주고받은 거예요?

무리하게 떠올릴 거 없다고 했잖아.

딱

싫어!

……

불안하고 신경 쓰이는데 어떻게 가만히 있어?

기억도 안 나는 게 자꾸 튀어나오잖아!

내가 모르는 사이에
뭐가 죄라도
지은 것 같고,

윌컹

…있으면
안 될 곳에
있는 것 같고.

……

…이렇게 많이
연락한 거 보면
누나는 뭔가
알고 있는 거죠?

그,
글쎄…

누난 분명
알고 있을
거예요!

나도 그렇게
뭘 잘 안다고 하기는
좀 어려운 거
같기도 하고…

스윽

충분히 오래 기다렸어요.
더 지체할 순 없다고요.

절
도와주세요.

!

어라…

이런 말,
예전에도
했던 것 같은…

정말이지
너무 오래
기다렸어…

더 이상
지체하고 싶지
않아.

날 도와줘.

맞아, 나…

꽈악.

난
영화 누나를…

그…

그럼 며칠만
기다려줄래?

휙

좀 알아보고
싶은 게 있어.

너랑 있었던 일은
그 뒤에 이야기
해줘도 될까?

깜빡.

내가 그때

누나 휴대폰을

중얼

중얼…

가방에서 꺼내서…

이 봐.

?

부들

부들

네 친구는 저대로 괜찮은 건가?

!!

까…

깜짝이야!

그렇게 불쑥불쑥 튀어나오면 놀라잖아욧!

눈으로 항의

째릿-

기분이 썩 좋지 않은 것 같은데.

119

그러고 보니 점심은 먹었어?

아뇨.

모처럼 여기까지 왔으니까 밥이라도 먹고 가.

……

그래, 누나의 휴대폰을 버리고 나서

괜찮아요.

할 일이 있었어.

민오도 너 이대로 보내기 좀 그럴 테고….

해야만 하는 일이…

미안, 준오랑 같이 갈게.

아, 응. 나중에 봐.

…지금 준오 좀 이상하지 않나?

……

기억해 내면 곤란한데.

같이 가,

인마.

성큼

바로 집으로
갈 거지?
학교 안 들르고?

종열
……

……

……
종열

…한준오.

…그러고 보니
그때도 그랬어.

종열

종열
기회가 왔을 때
해야 했는데
몇 번이나 기회를
놓쳤어…

이제 다시
기회가 없으면
어쩌지?

종열…

한준오,
너 설마…

또…!

형.

형은 언제나
내 편이지?

…닭살 돋게 뭐 그런
당연한 소릴 하냐.

무슨 일이
있어도?

드디어~!

짜안

이게 얼마만의 문명이야!

이제 좀 살겠네.

무슨 차이냐뇨, 이게 얼마나 편한데.

준오 거 써봤으니까 알 거 아니에요.

그깟 고철덩이 있으나 없으나 무슨 차이라고.

글쎄.

아무리 걸어대도 정작 필요한 사람은 잘 받지 않으니,

내게는 그리 쓸모 있지 않더군.

그땐 너무 자주 걸었으니까 그렇죠. 오죽하면 준오도 놀라서 찾아오겠어요?

그런 물건으로
잘도 기분이
바뀌는군.

조금 전까진
근심 가득한
얼굴이더니.

계속 우울해봤자
소용없기도 하고,
뭐…

이제

확실한
해결책을 들으러
가보자고요.

~그럴 생각이었는데…

삼촌은 내일에나 돌아오실 거예요.

일이 있어서 잠깐 멀리 가셨거든요.

전화하고 오셨으면 좋았을 텐데.

제가 잠깐 들었으니까 마주치기라도 했지…

탁

아님 헛걸음 하실 뻔했네.

음…

그렇죠. 진작 연락처라도 여쭤볼 걸 그랬나 봐요.

그런데…

…준오 친구 맞죠?

치익

누나랑 같이 온 그거…

준오 안에 있던 그거예요?

그, 그거…

부재라니 다음을 기약하고 하산하지.

그거.

저 녀석에게 용건은 없어.

그래도 여기까지 왔는데 물만 먹고 가려고요? 뭐든 물어는 봐야죠!

도하 씨를 볼 수 있으면 쟤도 뭐든 알 거라구요.

땅~

그리고 보니 준오가 돌아온 날, 저 애도 민오랑 같이 있었던 것 같고…

…… 혹시 그 일 때문에 마음에 안 들어서 그러는 건 아니죠?

잘 보면
은근히 쪼ス…

아니, 아무튼
그런 게 뭐가
중요해요!

어쨌든
도움받을 수
있으면
됐잖아요!

하루빨리
천도하고 싶은 거
아니었어요?

도하 씨는
천도하고!

전 업보에서
벗어나고!

왜요?

그게 저한텐
상의하기
싫대요?

와~

천도하기
싫은가 보네.

……

혼백이
천도하지
못 하는 건

대부분
두 가지
이유예요.

척

제사를 지내지
못했거나.

한이
너무 깊거나.

헉

그럼
준오는…?

장례식을 제대로
끝내지 못해서
일 수도 있고…

아직 죽지
않아서일지도
모르죠.

저도
죽지 않았다 쪽에
걸고 있고요.

…그럼 너도 준오가 지금 죽었는지 살았는지는 모르는 거야?

산 사람이 그걸 어떻게 알겠어요?

죽어본 것도 아니고.

이래서 죽은 것들이랑 엮이면 안 좋은 거예요.

뭐 하나 확실히 알 수 있는 게 있어야지.

그리고 전 그렇게 잘 보는 체질은 아니거든요.

대부분 감으로 때려 맞추는 거지.

누나 옆에 있는 그것도…

누나는 대화도 가능한 모양이지만,

저한텐 그냥 검은 연기처럼 보이고요.

천도시키는 방법도 결국 확실한 건 제사나 한풀이…

자박

제사 굿은 비싸서 못 올린다고 하셨고.

그럼 누나 말대로 한풀이밖에 답이 없겠네요.

그래도 천오백 년도 전에 죽은 사람이,

무슨 생각으로 살인을 했는지까지 어떻게 알겠어.

그래서 스님한테 상의하면 뭐든 알 수 있지 않을까 했던 건데…

정말 물만 먹고 갈 줄은…

삼촌한테 물어도 별거 없었을 걸요?

귀신 좀 본다고 다 아는 거 아니라니까.

전 이쪽에서 버스 타는데.

난 지하철이야.

그럼 담에 봬요. 삼촌한텐 제가 연락해 둘게요.

쓰윽

누나.

귀신이랑 너무 가까이 지내지 마세요.

죽은 사람은 어떤 식으로든 산 사람하고는 모럴이 다르거든요.

혹시 준오 관해서도 뭐 있으면 얘기 좀 해줘요!

…모럴?

도덕적 관념 같은 거 말하는 거예요.

뭐어…

내가 제일 잘 알지도 모른다는 거지?

이게 정말
통할지는
모르겠지만…

좀 떨어져
있어주세요.

자는데
누가 보는 거
민망하니까…

어젠 쿨쿨
잘도 자더니?

어, 어제 그건
잠이라기보다
기절이었다고요!
기절!

알겠네.

매번
꿈을 꿀 때마다
뭔가 봤으니까

운 좋으면
오늘도 뭔가
볼지도 몰라요.

운이 좋으면,
말이지.

…그러고 보면
도하 씨는 밤새
심심하겠네요.

뭘 할 수 있는 것도
아니고, 그렇다고
잘 수 있는 것도
아니고…

그 업보를
기억해야 한다고
말하는 건

당신도
도하 씨를 죽인 걸
후회해서죠?

정말 내가 그 업보를
기억하길 바란다면,

무슨 일이 있었는지
제대로 알려줬으면
좋겠어.

143

누구세요?

…아줌마.
저 준오예요.

영화 누나
만나러 왔어요.

…준오?

영화 지금 자는데,
시간도 늦었으니까
내일 와라.

저 영화 누나
만나러 왔어요.

영화 누나
만나러 왔어요.

영화 누나
만나러 왔어요.

…저,

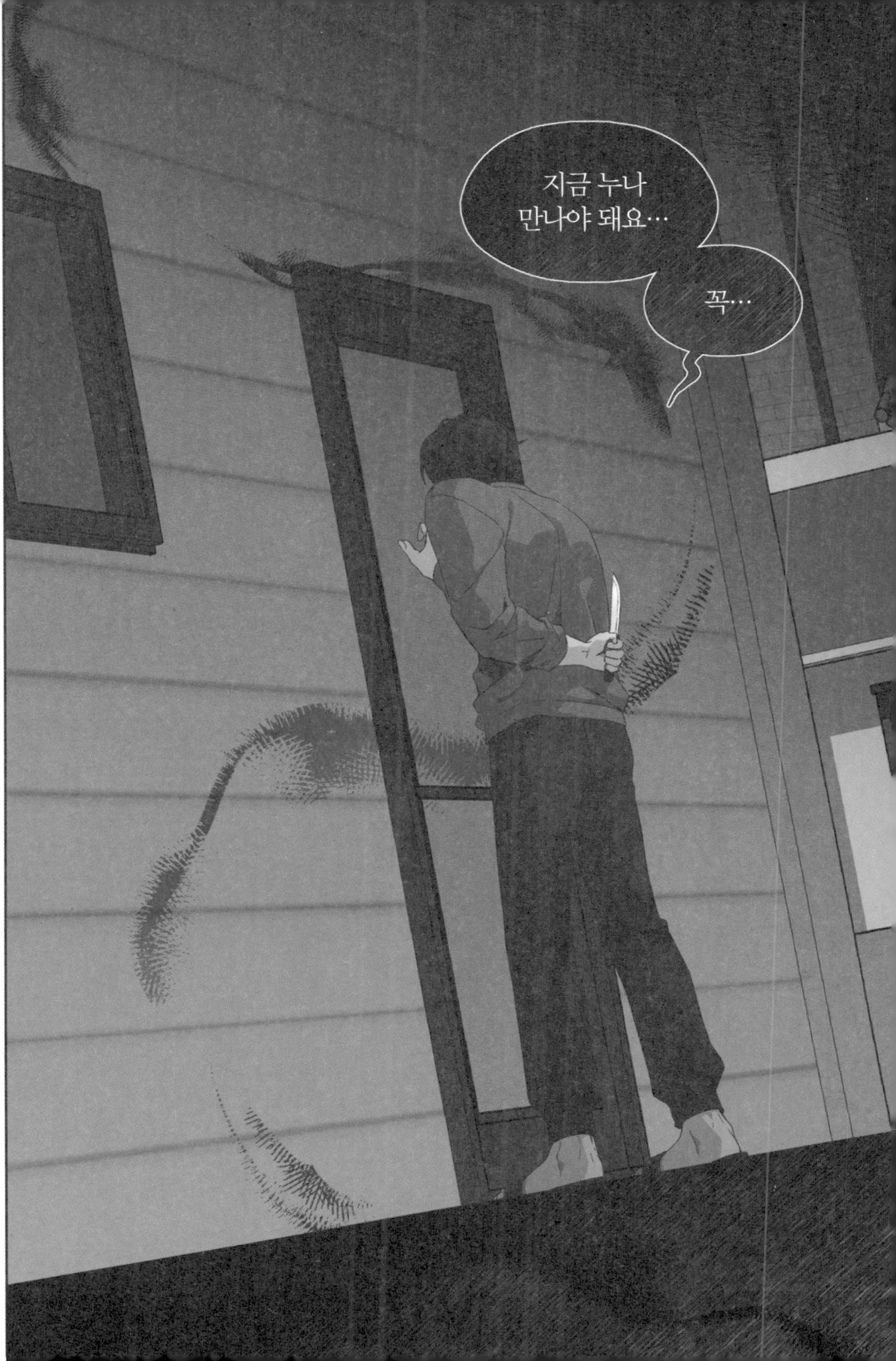
지금 누나
만나야 돼요…
꼭…

언제
잠든 거지?

그새
날이 밝았네….

벌떡

이제
어떻게 한담.

사다함랑께서
누명을 벗겨주실 때까지
여기서 마냥
기다릴 수는 없는데.

…어떻게 해?

열어줘?

정신 나갔수?!

딱 봐도 애가 이상한데 왜 문을 열어!

잠깐 기다려요. 민오 엄마한테 전화해 볼 테니까!

딱

뚜루루

뚜루루

연주(민오 엄마)
00:02

종료

…여보세요?

무슨 일이에요, 언니.

…준오가?

한준오!

너 거기서 뭐 해?!

―가까이 오지 마…

왜 제게 이런 것을 주시나요?

지낼 곳을 알려주신 것으로도 충분해요.

왜냐니…

벅벅

난 시키는 대로 하는 것뿐이니까 일단 받아둬.

나으리도 정인에게는 마음 쓰이시는 거겠지.

정…

무슨 큰일 날 소릴!

발끈!

그래그래, 알고 있다니…

지난번부터 뭔가 오해하신 모양인데,

나으리와 저는 그런 사이가 아니에요!

뭐?!

아무 사이도 아니야?

당연하잖아요.

서로 살가울 입장도 못 되고.

보답할 수도 없는데…

일방적으로 은혜 입고 싶지 않아요.

아무리 그분이 잘 대해주신다 해도.

가야인들을 음해한 사람에게 계속 신세 질 수는 없는 것임을.

끙…

…나으리께서 정 저를 돕고 싶으시다면,

마지막으로 사내 옷 한 벌만 보내주십사 말씀 전해주시겠어요?

……

옷을 바꿔 입고
말을 하지 않으면
가야인이란 걸
알아볼 자는 거의 없다.

하물며 사내의
행색을 하면
용모파기와 같은
인물로 보이지
않겠지.

......

휴…

…정말로
사다함랑의 도움을 빌어
누명을 벗고
모두 풀려나게 되면,

서라벌에서 떠나자.

다 같이
서라벌
밖에서
살자…

후우우

…불…

이렇게
큰불이
났다고?

언제…
어쩌다?

빼꼭

그렇다면 여기 있던 사람들은…

어어.

거기 막
들어가면
안 되는―

솔직히
이르거라.

어젯밤 어디에 있었는지 내 묻지 않았느냐?

수사를 하라 부르신 줄 알았더니, 심문을 하러 부르셨습니까.

어제는 오랜만에 밤놀이나 다녀왔사온데,

상세히 고하리까?

발뺌할 요량이더냐.

네 어제 사다함의 집에 걸음한 것을 내 이미 알고 있건만.

믿을만한
배후가 있지 않고서야,

다 죽어가던
쥐새끼들이
도망을 칠 리 없지.

너와
사다함이냐?

너희들이
작당하고 불을 질러
가야 놈들을
도망케 한 것이더냐?

뭐…?

바

스락

화

눈부셔…

이제 깼어?

얼마나 피곤하면 아무리 깨워도 정신을 못 차려…

여긴 어디지?

분명 조금 전까지 재가 된 옥사에서…

얼른 좀 일어나 봐!

누군가 날 잡아당겨서…

준오가 너 좀 보자고 생난리다!

…준오가?

날 왜?!

낸들 아니!

민오가 집에 가자는데도 한사코 버티고 있다고!

벌떡!

니가 가서 얘기 좀 해봐 봐.

내일 날 밝을 때 보자고.

문은 열어주지 말고!

주, 준오 거기 있니?

누나.

저 누나 만나러 왔어요.

문 좀 열어주세요.

누나 보고 싶어서…

161

…도하 씨가
씌였을 때랑 상태가
비슷한 것 같은데…

오늘은
시간이 늦어서
내일 만났으면
좋겠는데…

집에 들어가.
형 기다리게
하지 말고.

괜찮아요.

이제…

불안해.

무서워.

기분 나빠.

초조해.

그 여자만
죽일 수 있다면…

그래.

그 여자만
죽일 수 있다면.

사사건건
훼방이나 놓고…

방해돼.

끄윽

민오…
민오야…

타
다

타

카
칼이
배에
…괘.

경찰에는…
아무 말 안 했어.

꼼지락‥

준오…
심장도
안 좋으니까,

그냥 엄마가
칼 들고 있다가
사고 난 거라고
그렇게만 말했어.

잘 했어요.

엄마가 사실대로
말한다고 했으면
내가 말렸을 거야.

요즘 정말
괜찮아진 것
같았는데…

움짤

진작
병원 보낼 걸
그랬나 봐.

민오야.

내가 형을
죽일 뻔했어.

그것도
다른 사람을
죽이려다가.

형이랑 엄마 얼굴을
어떻게 보지?

엄마도 나한테
실망했을 텐데…

아버지 없이
셋이서도
잘 해왔는데,

나 때문에.

네, 아줌마.

민오는 이제 괜찮아졌어요?

깊게 찔린 게 아니라니 다행이에요.

병원에 못 가서 죄송해요.

엄마가 워낙 반대하셔서…

걔가 칼 들고 너 만나러 와선 지네 형 찌른 거 아니야! 준오 근처엔 얼씬도 마라!

버럭

…그렇잖아도 오늘 준오랑 입원 수속 밟을 거란다.

…입원이요?

부끄럽지만 아줌만…

준오 상태가 그렇게 심각한지 몰랐어.

준오...
한동안 정신과에서
입원 치료해 볼 거야.

무섭게 해서
미안하구나.
그 말하려고
전화했어.

...아.

아니에요.
아줌마.

괜찮아요.
저야말로...

...

...

준오가 왜 그러는지
혹시라도
뭐든 알게 되면
꼭 말씀드릴게요.

...민오...

진짜
괜찮으려나....

강영화?

너 강영화
맞지?

누구…?

준오야.

엄마 왔어.
병원 가자.

달각

한준오?

우리 작년에 같이 수업 들었는데 기억나지?

과사에서도 자주 보고 엠티도 같이 갔는데.

아, 네에… 누구더라.

혹시 시간 되면 잠깐 얘기 좀 할래?

아무하고나 함부로 말 섞지 않는 것이 좋겠네만.

나도 알아요!

카페테리아 가자. 우리가 살게.

아뇨… 저 지금 수업 들어가야 하는데 여기서 말하시면 안 될까요.

여기선 쪼옴…

뻘~

지원이가 기다리고 있다고~

솔직하게 말하면 안 따라오겠지?

병원이면…
여기?

여긴
안 왔는데.

엄마랑 집에서
만나기로
했다면서.

가물…

그랬는데
가방이랑 휴대폰만
방에 있고
준오가 안 보여서…

편의점이라도
간 거 아니에요?

한 시간은
기다렸는데
안 돌아와…

딱
딱

딱

호, 혹시 또
무슨 일이라도
생긴 건…

…….

꽈악ㅡ

…엄마?

아니, 아니다…
엄마가
좀 더 찾아볼게.

준오한테 연락 오면
바로 전화 좀 줘.

수ㅡ

엄마,

괜찮…

넌 걱정 말고
몸조리
잘 하고 있어!

뚝!

없어졌다니,
이번엔 또 왜…

스윽

혹시 또
영화한테 간 건
아니겠지?

절뚝

으…

형은
언제나
내 편이지?

......

내가
사람을
죽여도?

준오?

나한테 안 왔는데.

왜? 준오 연락 안 돼?

집에 들르긴 했나 본데.

폰이랑 가방이랑 다 놓고 나갔나 봐.

그래…?

혹시 너한텐 연락했나 싶어서.

빠앙

?

민오 너 지금 병원 아냐?

좀 전에 자동차 소리가…

어.

187

외출증 끊어서
나왔어.

…뭐?
뭐를 끊어?

외출즈응?

학교지?

지금 너
만나러
가도 돼?

배 꿰맨 지 24시간도 안 지난 사람한테 외출증 끊어주는 병원이 어디 있어?!

보나 마나 준오 때문일 텐데, 동생 일이면 사리 분별을 못 해!

도하 씨!

혹시 준오 어디로 갔는지 알아요?!

모르겠다만.

한 번 잘 생각해봐요.

얼마 전까진 도하 씨가 준오였잖아요.

…대단한 오지랖이군.

바로 어제 자신의 집 앞으로 칼을 들고 온 사내를 찾겠다니.

그야…

민오가 걱정하니까…

그리고 준오가 도하 씨 때문에 살아난 거라면,

민오가 다친 것도 어느 정도 우리 업보잖아요.

…도하 씨는
그렇다 쳐도
전 신경 쓰여요!

그것도 모두
그들의 팔자겠지.

그런 것까지
염려해주어야
하나?

이게 바로
모럴이
다르단 거구나.

준오가
왜 이상하게
행동하는지

이유라도 알면
좋겠는데….

준오?

움찔!

너 오늘
학교 조퇴하지
않았어?

엇…

준오야?!

아,
진짜 싫다…

기껏 나와도 겨우
학교 근처라니.

형을
죽일 뻔
했으면서

왜

멀리
도망치는 것도
못 하는 거야!

미안…

나 그동안
무슨 일이
있었는지

자세히
기억이
안 나…

가출?

언제 했는데?

오늘?

응,
오늘…

너희 집 바로
근처 아니야?

어디로 갈지
모르겠어서…

…가방은
왜 없어?
빈손으로
나온 거야?

먹을 거나
돈은?
잘 곳은
구했어?

몰라,
그냥…

아무 생각도
안 하고
나왔어.

그냥 거기 있는 게
너무 힘들어서.

준오…
정신과에
입원 치료
받게 하자.

앞으로 내가
어떻게 될지
너무 무서워서.

어디든
가족들이
없는 곳으로
가고 싶었다.

자세한 사정은
모르겠지만…

그냥 집에
들어가면
안 돼?

오늘 들어가면
가출 아니고
외출이야.

끼익

돌아가기
싫어.

그치만 너 좀 전에
네가 말했잖아.
아무 생각 없다고.

돈도 없지,
갈 곳도 없지,

어떻게 할 건지
대책도 없지…

그리고 이렇게
집 나가면
또 학교 안 나올
거잖아.

넌 제대로
기억 안 난다니까
모르겠지만…

만지작

너 퇴원하고
다시
학교 나왔을 때

내가 얼마나
반가웠는데.

근데 그 뒤로
인사도 안 받고
사람 완전
무시하고.

그…
그랬어?

그랬어!

옆에 앉을 때도
내내 창밖만 보고
내 쪽은 보지도 않고,

다른 사람이
된 것 같았단 말야.

아무튼
난…

휙

준오 너랑
계속 학교에서
보면 좋겠어.

그동안 무시한 건
정말 기분 나쁘지만,

그래도 넌
내…

흠흠

…내
친구니까.

…응.

꼬덕

…집에
들어갈 거야?

끼익

오늘 말고…

며칠만 더
생각해보고…

며칠만
기다려달라고
말했던 건

누나가 뭔가
알고 있는 건
정답이라서겠지?

그러니까
영화 누나랑 이야기해서
뭐든 확신이 생기면…

…날 다시
만나주지 않으면
어쩌지?

지금 뭐
갖고 있는 것도
없다면서.

며칠이나 집에
안 들어가고
어쩌려구?

……

나…
돈 좀 빌려줄 수
있어?

돈?

힘들면 괜찮지만… 나중에 꼭 갚을게.

내 친구들은 형이랑 연락하니까 분명 형한테 말할 것 같아서.

나도 선생님한테 말할 수 있거든!

……

−자.

이거 들고 가.

갈아입을 옷이랑 집에 있는 빵 좀 넣어뒀어.

타악

아니, 그냥 돈만 빌려줘도 되는데…

계속 교복 입고 다닐 순 없잖아.

음…

…고마워.

그거 우리 오빠 옷이거든?

나중에 꼭 학교에서 돌려줘야 해.

영화야.

너 정말 여기까지
나와도 되는 거야?

식은땀 흘리고
있잖아!

괜찮아.

준오 찾는 건
다른 사람한테
맡기고 그냥
병원에 가면
안 돼?

아줌마도 있고
경찰도 있는데
꼭 네가 나올 필요는
없잖아.

준오 일인데
어떻게
가만히 있어.

또 너한테
찾아와서
사고라도 치면
어쩌고.

나도 그 정돈 알아서 대응할 수 있어!

알아서 대응할 수 있다라…

쉿…!

어차피 안 들리겠지만.

대응 못 할 것 같아서 그런 게 아니라,

네가 걱정되니까 어쩔 수 없잖아.

그럼 나는?

난 너 걱정 안 해?

뭐?

그런 뜻이 아니라…

지금
어떻게 봐도
심각한 건
너야!

동생한테 찔리고도
남을 더 걱정하느라
쉬지도 않는
너란 말야!

······.

아,

소리 지르려던 게
아니었는데.

정말…

너도
많이 무섭고
아팠을 텐데.

분명히
괜찮을 리가
없는데,

왜 이렇게
태연해
보이는 거야…

넌 정말
무슨 생각을
하는지
모르겠어…

전부

나 때문일지도
모르는데…

머뭇…

난 그냥…

사락…

204

어차피
두 시간짜리
외출이고,

엄마한테도
말 안 하고
나왔으니까 금방 병원에
돌아가야 해.

너 바래다주는
길에 준오
있는지 보고,

무사히
들어가는 거
보고…

그 뒤에 바로
돌아갈게.

그런 너라서

좋아하는 거지만…

응…

가끔은 정말
답답하고
화가 나.

그럼 몸
조심해.

몸은 네가 더
조심해야지.

도착하면
연락해.

……

민오 말이에요.

도하 씨랑
닮지 않았어요?

…그 녀석과
내가?
어딜 봐서?

그냥 왠지…

어디가 닮았는지
구체적으로는
말 못 하겠는데…

닮은 것
같아요.

우욱…

우우우…

딸랑

얼마
안 남았네.

이다음부터는
빵 받은 거
먹어야겠다.

이제…

완전히
어두워졌구나.

21
호접지몽

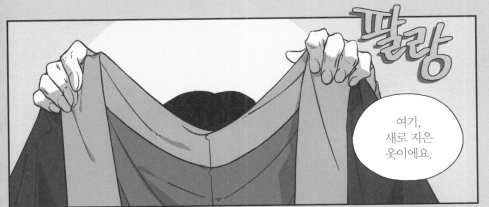

여기,
새로 지은
옷이에요.

얼마 전에
들여온 비단으로
지은 거야?

그럼요.
좋은 비단이라고
주인마님께서
랑의 옷을 가장 먼저
챙기셨답니다.

무관한테
나눠주기로
했는데…

너희 집에
엄청 귀한 비단
들어왔다더라?

뭐…

무관이랑 난
체형도 비슷하니까
괜찮겠지.

이거 무관
줘도 되지?

랑께서 입지
않으시고요?

어머니, 아버지껜
내가 말씀드릴게.

하지만 거기
좋은 부적이
들어있는데…

부적?

담엄사에서,
랑의 생일이
머지않았다고
좋은 액막이 부적을
보내주셨다구요!

옷에 붙이면
좋다고 하셔서
소매에 박음질
했는데!

내 몸에
붙어둘 것이었다면
화랑 복에
바느질했어야지.

도무지 벗질
않으시잖아요!

부적도
딸려있으면
더 좋지.

요즘 내 탓에
많이 수고해
줬거든.

푸른색 좀
잘 받지 않나?

어떠냐.

어울린다.

누구 덕분에
요즘 옷에서
시체 썩은 내가
진동을 했는데,

이제야 노동이
보답을 받네!

하하…

그래서?

응?

결전 일은?

도하 형님은 거들어줄 생각이 없으신 것 같고,

그 가야 계집은 어딘가로 빼돌려졌고,

이제 어떻게든 해결 봐야지.

그건…

넌 이제 신경 안 써도 돼.

많이 도와줬으니까.

내가 알아서 할게.

그런 게 어디 있냐!

이제껏 발로 뛰고 고생한 게 누군데!

너 이 자식, 혼자 또 멋있는 건 다 하겠다 이거지!

아아니.

혼자 공 세우겠다 이거지!

위험하니까…

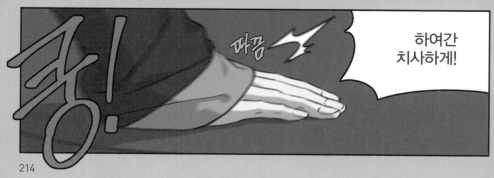

떵!

따끔

하여간 치사하게!

214

아!

왜 그래?

만지작

아니, 손바닥에 뭐가 찔려서…

탁자에 나무 가시라도 있었나…?

나무 가시?

더듬 더듬

아무튼!

왁

공을 세워도 같이 세우고! 죽어도 같이 죽는다!

으, 응…

쩌릿!

저벅
저벅

바스락

응?

산짐승인가…?

더 어두워지기
전에 얼른
내려가야겠군.

…처음부터
믿지 않았다.

네가 나를 위해
할 수 있는 일은
없어.

이번엔
도하 씨의
목소리가…

여기는
들어오면
안 된다니까!

꽈당써

어?

?

?

그쪽이 아니라
이쪽이야,
이쪽!

어여 와!

화라와

나…

조금 전까지
이불 위에서…

쓱쓱

…그랬을 리가
없구나.

왜 그런
착각을 했담?

아이고,
왜 이리 굼떠!

찌직

뭐야?

이 비실비실한 놈은.

힘 좀 쓰는 놈으로 불러달랬더니, 쯧.

일꾼으로 착각한 모양이지?

말씨를 들으면 가야 사람이라는 게 들킬지도 모르니

눈치 봐서 적당히 빠져나가야겠다.

이놈한테도 일 좀 시켜!

예, 예.

손으로 들어 옮길 수 있는 잔해부터 저쪽에 옮겨놓으면 되네.

…오해를 사서 뭔가 추궁 받는 것 같았는데.

분명 사실대로 말씀하지 않으시겠지.

사다함랑의 집에서 수배 중인 가야인이 나왔다고는 절대…

정말이지 손해 보는 성격이야…

후득

?!

휙

화악

!!

이…

더러운 손으로 감히 어딜 잡느냐!

이놈이!

…허.

도와주겠답시고 호들갑을 떤 거냐?

아…

사내 옷을
준비해달라기에
혹시나 했는데,

그 바보 같은
몰골을 보니
역시나로군.

살려주는
보람도 없는
계집 같으니.

진심으로
그 변복이 통할 거라
생각하는 거냐?

뻘뻘

멍청이가 아니고서야
그 곱상한 얼굴을
사내로 보는 자는
없을 텐데.

보거라.

예,
파진찬
나으리!

이놈은
내 따로 시킬 일이
있어 데려가마.

턱

예, 예.

어…

으…

이거
영 이상한데.

손바닥에
점점 감각이
없어지잖아.

몸도
으슬으슬한 게
어째,

대체 뭐에
찔린 거지?

불길한…

걸…

〈낮에 뜨는 달〉 6권으로 이어집니다.

낮에 뜨는 달 5

1판 1쇄 인쇄 2023년 11월 3일
1판 1쇄 발행 2023년 11월 22일

지은이 혜윰
펴낸이 김영곤
펴낸곳 ㈜북이십일 아르테팝
콘텐츠개발본부 이사 정지은
웹콘텐츠팀 배성원 유현기
외주편집 윤효정 **표지디자인** 디헌 **내지디자인** 데시그
출판마케팅영업 본부장 한충희 **마케팅1팀** 남정한 한경화 김신우 강효원
제작팀 이영민 권경민 **출판영업팀** 최명열 김다운 김도연

(주)북이십일 경계를 허무는 콘텐츠 리더

아르테팝 채널에서 도서 정보와 다양한 영상자료, 이벤트를 만나세요!
페이스북 facebook.com/21artepop   트위터 twitter.com/21artepop
인스타그램 instagram.com/21artepop   홈페이지 artepop.book21.com

ISBN 979-11-7117-195-8 (04810)
ISBN 979-11-7117-196-5 (SET)